TUBAISTE AR AN TITANIC

— MÁIRE ZEPF —

MAISITHE AG OLIVIA GOLDEN

Foilsithe ag Cló Mhaigh Eo,
Clár Chlainne Mhuiris,
Co. Mhaigh Eo,
Éire.
www.leabhar.com
094-9371744 / 086-8859407

ISBN: 978-1-899922-89-5

Dearadh: raydes@iol.ie
Clóbhuailte in Éirinn ag Clódóirí Chois Fharraige.

Aithníonn Cló Mhaigh Eo tacaíocht Fhoras na Gaeilge
i bhfoilsiú an leabhair seo.

Foras na Gaeilge

TUBAISTE AR AN
TITANIC

– CAIBIDIL 1 –

'Cad é a bhí ansin?' arsa Cormac faoi scaoll. 'Ar chuala tú é, a Bhrídín? Sin arís é!' Shuigh an bheirt acu in airde sna leapacha, na blaincéid go smig orthu mar chosaint ar an bhfuacht a bhí ag sileadh isteach tríd na seanbhallaí. Ní hé an fuacht amháin a bhí ag cur na ribí gruaige ar a lámha ina seasamh ach fuaimeanna coimhthíocha an tí thart timpeall orthu. Bhí na leapacha fuar, fiú leis na buidéil the a thug Mamó dóibh. Ar fud na seomraí tréigthe ag barr an tí bhí boladh láidir – seanleabhair, deannach agus tobac, cé nár chaith Daideo píopa le deich mbliana anuas.

'Éist! Sin arís é. Tá duine nó rud éigin thuas anseo.' 'Éirigh as!' arsa Brídín go borb. 'Níl ann ach díoscán an urláir. Ná bí i do bhabaí.' Níor mhaith léi a admháil lena deartháir mór gur bhain gach cnagarnach agus gach díoscadh sa dorchadas geit aisti féin freisin.

Bhí siad ag stopadh thar oíche le Mamó agus Daideo don chéad uair riamh. Agus cé gur chaith siad lá sa teach agus sa ghairdín go minic, ní raibh siad riamh thuas staighre. Ba dheacair a chreidiúint nach raibh ach staighre cúng adhmaid idir seo agus ríocht theolaí Mhamó sa chistin.

'Nár ghlac tú tóirse leat?' arsa Brídín. 'Las é go bhfeicfidh tú an bhfuil rud ar bith ann.' Ar ndóigh, bhí tóirse póca ag Cormac le go dtiocfadh leis a bheith ag léamh faoi na blaincéid go mall san oíche. Bhí mála trom leabhar leis chomh maith - ní rachadh Cormac áit ar bith gan a chuid leabhar. Ach níor chuidigh an tóirse. Léim scáileanna móra amach orthu as na leabhragáin, iad ag damhsa go fiáin ar fud an tseomra. Chonaic Brídín filltíní ag teacht ar chlár éadain a dearthár agus d'aithin sí go raibh sé ar tí tosnú ag gol. 'Tá mise ag iarraidh dul abhaile,' ar seisean go tochtmhar.

'Arú, a Chormaic, smaoinigh ar an lá amárach. B'fhéidir go ndéanfaidh mamó toirtín úll. Inseoidh Daideo scéalta cois tine agus thig linn an lá iomlán a chaitheamh sa ghairdín. Nach raibh tú ag iarraidh an crann mór cam sin a dhreapadh liom?' D'imigh na filltíní de chlár éadain Chormaic. Bhí sé féin ag dúil leis an lá amárach ar chúis eile ar fad - na leabhair. D'éirigh Cormac amach as a leaba agus shiúil sé anonn chuig an leabhragán. Bhí an tóirse dírithe aige ar na clúdaigh leathair. Chuimil sé iad lena lámha, á slíocadh lena mhéara. Bheadh deis aige amárach rúin na leabhragán a fhoghlaim. Idir seo agus sin, bheadh air cur suas leis an seomra.

D'éirigh Brídín agus lean sí a dearthár chuig na leabhair. Shílfeá gur prócaí milseán a bhí ar na seilfeanna an dóigh a d'amharc Cormac orthu. Chuir an smaoineamh Brídín ag gáire. Ar a

laghad ní raibh sé ag iarraidh rith abhaile anois. Bhí uirthi amharc go cúramach chun na hiarsmaí a fheiceáil sa dorchadas. 'A Chormaic, dírigh an tóirse anseo bomaite tá rud éigin suimiúil ann,' arsa sise. Taobh leis an leabhragán bhí crúca agus eochair ar crochadh - eochair álainn le maisiúcháin cheilteacha uirthi agus cuma uirthi go raibh sí bainte le finscéal. 'Amharc ar an eochair seo, a Chormaic,' arsa sise. 'Ní fhaca mé eochair chomh gleoite léi riamh. B'fhéidir go bhfuil bosca taisce ag Mamó agus Daideo, lán de sheoda agus boinn óir.' 'Ná bí amaideach. Fág ar ais í, is dócha go bhfuil sí tábhachtach,' arsa Cormac. 'Chreidfinn rud ar bith i dteach chomh corr leis an gceann seo,' arsa Brídín. 'Nach bhfuil fiosracht ar bith ionat?' Thosaigh sí ag amharc thart do ghlais a thiocfadh léi a oscailt - i dtarracáin, i mboscaí agus i gcófraí.

Ar ndóigh bhí suim ag Cormac san obair seo. Spreagfadh an teach ársa seo fiosracht i nduine ar bith. Ní raibh na ballaí go hiomlán díreach, bhí an gairdín fiáin agus bhí an doras an-aisteach ar fad. Is minic a d'amharc Cormac agus Brídín suas ón ngairdín ar an doras thuas staighre. Doras nach raibh ag dul áit ar bith agus ar chóir, dar leo, go mbeadh staighre ag teacht anuas uaidh. Meancóg tógála is dócha, ach chuir sé sin leis an mothú go raibh rud éigin aisteach faoin teach. 'Cad é faoin doras aisteach sin? B'fhéidir gur leis an doras sin an eochair,' arsa Brídín. Sciob sí an tóirse as lámh Chormaic agus shoilsigh sí timpeall an tseomra é. Chonaic siad go raibh an doras rúndiamhrach taobh leis an bhfuinneog sa seomra leapa. Ní fhaca siad riamh roimhe é ón taobh istigh.

'An dtriailfidh muid é?' arsa Brídín agus sceitimíní ina guth. 'Ní thriailfidh,' arsa Cormac.

'Thiocfadh leis a bheith dainséarach. Titfidh tú amach nó rud éigin. Cad chuige go bhfuil tú i gcónaí ag iarraidh trioblóid a tharraingt orainn, a Bhrídín?' 'Níl mé, níl muid ach ag dul a fheiceáil an osclaíonn an eochair an doras. Sin é.' Ach bhí crith ina lámh agus an eochair á cur isteach sa ghlas aici. Mhothaigh sí corraithe agus ní raibh sí cinnte cad chuige. Thiontaigh sí an eochair.

Is ansin a tharla sé. Thosaigh solas ag glinniúint sa seomra agus é ag lonrú tríd na bearnaí thart ar an doras rúnda. Shílfeá go raibh an ghrian ag taithneamh go geal taobh amuigh. De réir a chéile, d'éirigh sé ní ba ghile go dtí go raibh an doras ar lasadh, beo le draíocht. Bhí an murlán geal le splancanna beaga solais. Shín Brídín amach a lámh chun na spréacha a mhothú ar a craiceann. Ghlac Cormac céim siar ar shiúl ón doras. 'Ná hoscail an doras sin, a Bhrídín,' ar seisean go sollúnta. 'An bhfuil tú ar mire?' arsa sise go gasta 'níor tharla eachtra mar seo dom riamh. Tusa agus do chuid leabhar! Is maith leat a bheith ag léamh faoi dhaoine eile ag déanamh rudaí iontacha, iad ar thurais spreagúla agus ar eachtraí móra agus anois agus rud éigin iontach ag tarlú dúinne níor mhaith leat páirt a ghlacadh!' Nuair a mhothaigh sí na drithlíní ag dul tríthi ní raibh sí riamh chomh cinnte de rud ar bith ina saol. 'Rachaidh mé liom féin, mar sin!' 'Fan, fan,' arsa Cormac go gasta. 'Ná himigh, a Bhrídín. Níl a fhios againn cá háit a ghlacfaidh an doras sin muid. Thiocfadh le rud ar bith tarlú, maith nó olc.' 'Sin é go díreach!' arsa Brídín. 'Anois, an bhfuil tú liom?' Chuir sí lámh amháin ar an murlán agus rug sí greim ar a deartháir leis an lámh eile. D'oscail an doras le gliog.

- CAIBIDIL 2 -

Bhí dorchla fada rompu tríd an doras, é lasta ag soilse seodmhara. Bhí brat urláir sómasach dearg sínte os a gcomhair amach, agus painéil adhmaid ar na ballaí. Bhí sraith doirse ar gach taobh mar a bheadh ostán ardnósach ann. Dhruid an doras draíochta ar a gcúl de phlab. Bhí eagla ar Chormac amharc ach d'oscail sé leathshúil go faiteach. 'Cá bhfuil muid? Cén sórt áite í seo?' ar seisean de ghuth íseal. 'Dia ár sábháil, a Bhrídín, cad é atá déanta againn?' Shiúil Brídín léi. Bhí sí cosúil le cat i ngairdín nua, cluasa biortha agus srón san aer. Bhí boladh snasa san aer. Bhí dordán an-íseal le cloisteáil ó innill chumhachtacha i bhfad fúthu agus luascadh séimh le mothú faoina gcosa. Shiúil siad ar a mbarraicíní go cúramach fhad le fuinneog chiorcalach ag deireadh an dorchla. Bhrúigh siad a gcuid srón in éadan na gloine. Bhí sé dubh dorcha taobh amuigh agus ba léir go raibh siad ar an bhfarraige.

'Caithfidh muid oibriú amach cá bhfuil muid,' arsa Brídín. 'Amharc amach fá choinne leideanna.' Ach má shamhlaigh Brídín gur bleachtaire a bhí inti mhothaigh Cormac ní ba chosúla le gadaí. 'Níor chóir dúinn a bheith anseo,' ar seisean agus a shúile ag tiontú arís agus arís i dtreo an dorais. Shiúil Brídín léi go deireadh an phasáiste. 'Tar anseo,' arsa Brídín 'go bhfeicfidh tú an staighre. Amharcfaidh muid síos anseo.' 'B'fhearr liomsa dul ar ais,' arsa Cormac, ach tharraing Brídín é ina diaidh mar a bheadh madadh beag ar théad ann. Síos, síos leis an mbeirt acu i mbolg na loinge. Ag bun an staighre bhí an t-aer trom le tobac, salachar agus allas. Os a gcomhair amach, bhí geata iarainn agus seomra ollmhór dubh le daoine taobh thiar de. Bhí daoine ag ithe agus ag ól agus ag caint i dteangacha éagsúla. Bhí ceol Gaelach á sheinm ar fhidil, ar fheadóga agus ar bhoscaí ceoil agus bhí daoine ag damhsa go bríomhar. Bhí sé an-te agus chuir an teas leis an mboladh láidir agus leis an gcallán. 'An bhfaca tú na héadaí atá orthu?' arsa Brídín. 'Meas tú an bhfuil cóisir bhréigéide ar siúl?' Tháinig cailín beag fhad leo agus sháigh sí a haghaidh tríd an ngeata chucu. Bhí gruaig rua chatach uirthi agus súile glasa lasta le gáire. Thug Cormac faoi deara go raibh salachar faoina hingne agus an chuma uirthi gur minic a deisíodh a cuid éadaí. Ní fhaca Brídín ach an splanc bhríomhar ina súile.

'Ar chuala mé sibhse ag labhairt i nGaeilge?' ar sise. 'Ní raibh a fhios agam go raibh duine ar bith eile le Gaeilge ar an mbád! Mise Nóra. An bhfuil sibhse ag dul go Meiriceá fosta?' 'Aaammmm…is cosúil go bhfuil!' arsa Brídín

ag iarraidh an t-iontas ina guth a cheilt. 'Tá mo mhamaí ag glacadh mise agus mo dhearthair beag Séimí léi chun tús a chur le saol nua thall. Ach deir sí nach bhfuil ann ach scéal go bhfuil na bóithre clúdaithe le hór. An gcreideann sibhse sin?' D'amharc Cormac ar an dóchas a bhí ag lasadh ina súile agus rinne sé gáire. 'Níl a fhios agam,' ar seisean.

'Nach bhfuil an long seo ar fheabhas? Chuala mé gurb í an long is mó ar domhan í – chomh fada le trí pháirc peile agus chomh hard le foirgneamh aon urlár déag. Nach bhfuil an t-ádh dearg orainn?' 'Tá cinnte,' arsa Brídín ó chroí. 'Tá eachtra iontach romhainn.' D'amharc Cormac thart air agus iontas air.

'An raibh tú thuas staighre go fóill?' arsa Cormac léi. 'An bhfuil tú ag magadh?' ar sise. 'Níl cead againne dul suas ansin. Ach chuala mé na scéalta faoi na crainn solais clúdaithe le seoda, na plandaí ag fás ar bhallaí na bialainne, an ghloine dhaite agus an linn snámha. Tá siad ag rá nach raibh a leithéid de shaibhreas ná de ghalántacht ar bhád riamh. Ba bhreá liom é a fheiceáil le mo shúile féin.' 'Ní thuigim,' arsa Brídín. 'Cad chuige nach bhfuil cead agat dul suas?' 'Bhuel,' arsa Nóra, 'Tá trí chinéal paisinéara ar bord – céad, dara agus triú grád. Tá na geataí ann leis na grádanna a scoilt óna chéile. Cheannaigh muidne ticéid ní ba shaoire agus mar sin fanann muid thíos anseo. Tá sé iontach deas ach ba bhreá liom an saibhreas thuas staighre a fheiceáil dom féin.'

'Níl sé sin cothrom,' ar sise agus í ag croitheadh an gheata a sheas eatarthu. 'Ná bí ag tógáil trioblóide tusa!' arsa Cormac lena dheirfiúr i gcogar garbh. 'Níl mé, ach caithfidh go bhfuil bealach ann go dtig le Nóra fáil tríd agus dul ag taiscéaladh ar fud na loinge. Bheadh sé sin ar dóigh!'

'Tá smaoineamh agamsa,' arsa Brídín, ag cur a lámha isteach ina póca go gasta. Tharraing sí amach an eochair dhraíochta agus thriail sí sa ghlas í. Bhí drithliú éadrom ón eochair ach níor thug Nóra sin faoi deara. D'oscail an geata.

'Maith thú!' arsa Nóra, í ag léimt suas agus síos ar an spota. 'Ar aghaidh linn!'

'Fan bomaite' arsa Cormac. 'Nach bhfuil tú chun a rá le do mhamaí cá bhfuil tú ag dul?' Thiontaigh súile Nóra go talamh. 'Tá mé cinnte nach ligfeadh sí dom dul ann agus tá sí gnóthach le Séimí beag ar scor ar bith. Ní thabharfaidh sí faoi deara.'

'Seo linn!' arsa Brídín. Sula dtiocfadh le Cormac a bhéal a oscailt bhí na cailíní leath bealaigh thuas an staighre.

- CAIBIDIL 3 -

Lean an triúr acu an staighre suas, suas, suas. Shíl Bridín nach mbeadh deireadh leis go deo. Chuimhnigh sí cad é a dúirt Nóra faoi mhéid an bháid. Nuair a tháinig siad amach ar an deic d'airigh siad fuacht na hoíche agus boladh na farraige rompu. Bhí ceol bríomhar clasaiceach san aer agus lean siad é. Bhí orthu dul i bhfolach go gasta sula bhfeiceadh duine ar bith iad. Bhí planda i bpota taobh amuigh den bhialann a bhí mór go leor acu, agus bhrúigh siad isteach ar a chúl de ruathar agus a gcroíthe ag bualadh. Shéid boladh amach ón mbialann. Tríd na doirse oscailte in aice leo chonaic siad halla mór álainn agus bhí féasta ar siúl do na céadta taobh istigh. Bhí crann solais ar crochadh ón síleáil, agus é ag lonrú le seoda agus gloine. Shiúil freastalaithe ó thábla go tábla le plátaí móra lán de ghliomach, lacha rósta agus cairn de chístí blasta. Bhí a dhá shúil amuigh ar a cloigeann ag Nóra; shílfeá go dtiocfadh léi an bia a bhlaiseadh lena súile! Shíl Brídín gur amharc na mná mar a bheadh banphrionsaí iontu, iad gléasta go hálainn i ngúnaí móra. Bhí siosarnach an tsíoda agus an tsróil le cloisteáil agus iad ag gluaiseacht go grástúil.

'Caithfidh gur ar dheic na ndaoine uaisle atá muid,' arsa Cormac i gcogar. D'aithin sé na hataí arda dubha a bhí ar na fir agus iad ag siúl ar an deic ó leabhar staire. Bhí cuma thábhachtach, shaibhir orthu i gcomporáid leis na caipíní éadacha a bhí ar na fir thíos staighre.

'Leanfaidh muid ar aghaidh,' arsa Brídín i ndiaidh tamaill. 'Tá cuid mhór eile le feiceáil againn fós.' Rug Brídín greim láimhe ar Nóra agus rith siad leo go dána thar an deic. Bhrostaigh Cormac go míshásta ina ndiaidh.

Agus iad faoi cheilt taobh thiar de phlanda

ollmhór eile chonaic siad leabharlann le cásanna gloine lán de leabhair. Bhí fir ina suí ag táblaí, iad ag léamh agus ag scríobh go sollúnta. D'amharc Cormac go héadmhar ar na leabhair ghalánta a bhí clúdaithe le leathar agus maisithe le cló órga. Ar thaobh na láimhe deise, bhí seomra eile le pailmeacha ann agus bhí daoine istigh ann ag clingeadh gloiní agus ag gáire le chéile.

Amach leo arís ón áit ina raibh siad faoi cheilt. Bhí siad ag rith ar nós luchóga beaga ó pholl go poll. Tháinig siad fhad le staighre eile, staighre ar nós mar a d'fheicfeá i gcaisleán. Bhí admhad snoite agus maisiúcháin ar gach taobh de agus ag an mbun bhí dealbh mhór d'aingeal agus lampa á iompar aici. Bhí boladh snasa le mothú ó na céimeanna lonracha.

'Dochreidte!' arsa Brídín.

'Cuireann sé pálás i gcuimhne dom - an ceann

a chonaic muid ar ár laethanta saoire anuraidh,' arsa Cormac.

Sheas Nóra ag barr an staighre agus aoibh an gháire ar a haghaidh. Ba chosúil go raibh sí ag smaoineamh ar an saol rathúil úr a bheadh aici i Meiriceá, agus í féin mar spéirbhean na galántachta. Go tobann, thiontaigh a cuid smaointe ar ais go dtí an domhan mórthimpeall uirthi. 'B'fhearr dom dul síos staighre chuig Mamaí agus Séimí sula mbeidh siad buartha fúm. Go raibh míle maith agaibh as mé a thabhairt anseo. Bhí sé níos fearr ná na scéalta uilig. An dtiocfaidh sibh ar ais chugainn ar ball? Is deas an rud cairde a bheith agam ar bord. Tá mé thar a bheith sásta go bhfuil sibhse ar an Titanic freisin.' 'An Titanic?' arsa Cormac le béal oscailte. 'An Titanic a dúirt tú?' 'Ar ndóigh!' arsa Nóra agus í ag gáire. 'An Titanic. An bád is mó, is galántaí agus is sábháilte ar domhan. Deirtear nach féidir í a chur faoi uisce. Ach tá a fhios agaibh sin cheana, nach bhfuil? Slán anois!'

Rith Nóra síos an staighre mór, thiontaigh sí agus chroith sí lámh sular imigh sí as radharc.

Bhí an chuma ar Chormac go raibh sé i ndiaidh taibhse a fheiceáil.

– CAIBIDIL 4 –

Shuigh Cormac síos ar an talamh agus a chloigeann ina lámha aige.

'Cad é atá cearr, a Chormaic? Abair liom!' arsa Brídín go mífhoighneach.

'Nach bhfuil a fhios agat an scéal faoin Titanic, a Bhrídín? Tá mé díreach i ndiaidh leabhar a léamh faoi. Bhí sé uafásach ar fad. Uafásach.'

Shuigh Brídín síos in aice leis. 'Inis dom.'

'Ba í an long ab iontaí a rinneadh riamh. Tógadh i mBéal Feirste í agus bhí bród as cuimse ar mhuintir na hÉireann aisti. Bhí an ceart sin acu. Níor tógadh bád chomh mór, chomh gasta, chomh gleoite ná chomh sábháilte léi riamh roimhe. Agus sna laethanta roimh eitleáin bhí na longa iontach tábhachtach ar fad. Ach, a Bhrídín, tharla tubaiste mhillteanach ansin. Ar a céad turas riamh, i mí Aibreáin 1912, bhí timpiste aici. Bhuail sí cnoc oighir sa dorchadas agus stróic sin an taobh den long. Chuaigh an long iomlán go tóin poill an oíche sin.'

'Ach nár dhúirt Nóra go raibh sí dobháite? Nár dhúirt tú féin go raibh an long níos sábháilte ná haon long eile riamh?' riamh?' arsa Brídín agus a guth ag crith.

'Tógadh í chomh maith sin is gur chreid daoine nach dtiocfadh léi dul faoi uisce ach stróiceadh í chomh holc sin nárbh fhéidir í a shábháil. Deirtear go raibh an captaen ag dul go róghasta ag iarraidh Nua Eabhrac a bhaint amach go luath. Chuir báid eile teachtaireachtaí chucu chun foláireamh a thabhairt faoi na cnoic oighir ach faraor níor tugadh iad go léir don chaptaen.'

'Agus na paisinéirí?' arsa Brídín de ghuth íseal. 'Ar tháinig na paisinéirí slán?'

'Ní raibh báid tharrthála ann do na daoine ar fad, a Bhrídín. Sin an rud ba mheasa. As breis agus dhá mhíle dhá chéad duine a bhí ar bord níor tháinig ach seacht gcéad agus seisear slán. Agus den chuid is mó, ba iad na daoine saibhre a tháinig slán. An chuid is mó de na daoine bochta thíos staighre - leithéidí Nóra - chuaigh siadsan go tóin poill leis an long. Bhí geataí sa bhealach orthu in áiteacha. Áiteacha eile, ní raibh, ach níor thuig na daoine an dainséar a bhí rompu agus d'fhan siad thíos staighre.

'Ó, a Bhrídín,' arsa Cormac, 'tá sé seo millteanach! Tá muid ar an Titanic agus í ag dul go tóin poill!'

D'amharc siad amach. Bhí an spéir breac le réalta agus an fharraige dhorcha chomh ciúin le gloine. Bhí sé deacair a chreidiúint go raibh tubaiste le tarlú anocht. Ach bhí an t-aer fuar agus bhí cnoic bheaga oighir le feiceáil anseo agus ansiúd san uisce. Caithfidh muid bealach ar ais abhaile a fháil go gasta, a Bhrídín,' arsa Cormac, 'sula gcaillfear muid!'

Ní thig linn rud ar bith a athrú anseo ach muid féin

a shábháil.'

'Níl mise ag dul,' arsa Brídín. Bhí an aghaidh cheanndána sin feicthe ag Cormac go minic roimhe.

'Caithfidh muid cuidiú le Nóra agus a teaghlach. Ní féidir linn iad a fhágáil anois agus iad i mbaol,' ar sise.

'Éist, a Bhrídín,' ar seisean, 'ní cluiche é seo, ní síscéal agus ní cur i gcéill é. Gheobhaidh muid bás má fhanann muid anseo. Níl an darna rogha againn ach éalú 'na bhaile - má thig linn teacht ar an doras.'

'Níl mé chun géilleadh gan iarracht a dhéanamh. Níl a fhios agam cad é a dhéanfaidh muid nó an éireoidh linn ar chor ar bith, ach caithfidh muid triail a bhaint as cuidiú leo.' Shín sí lámh amach chuig a deartháir mór. 'Samhlaigh gur do mhuintir féin iad, a Chormaic. Nach mbeifeá ag dúil go ndéanfadh duine eile a dhícheall do mháthair féin a shábháil dá mbeadh sí i ndainséar?'

'Bheinn, ar ndóigh,' ar seisean agus tocht ina ghlór.

'Agus tá seans níos fearr againn go n-éireoidh linn mar gheall ar an eolas uilig atá agatsa faoin Titanic, a Chormaic. Geallaim nach ndéanfaidh mé magadh fút go deo arís maidir leis na leabhair! Ach ní thig liom é seo a dhéanamh gan tú!' a d'impigh sí.

Sheas Cormac suas go mall. 'Caithfidh go bhfuil mé as mo mheabhair,' ar seisean. Rug Brídín barróg mhór chionmhar air.

Ach níl am ar bith againn le cur amú,' ar seisean.

'Tharla an taisme ag fiche tar éis a haon deág. Sílim nach bhfuil i bhfad againn.'

– CAIBIDIL 5 –

Rith Cormac agus Brídín síos an staighre mar a bheadh madraí fiáine sa tóir orthu. Cé go raibh a gcosa ag dul go gasta bhí siad ag smaoineamh ní ba ghaiste fós. Cad a dhéanfadh siad? Cad é mar a chuideodh siad le Nóra, Séimí agus a mamaí? Agus cad é an dóigh a thiocfadh leo a scéal a mhíniú? An gcreidfeadh duine ar bith a leithéid?

Thíos staighre bhí orthu a mbealach a bhrú tríd an slua a bhí ag damhsa agus tríd an ruaille buaille. Roimh i bhfad chonaic siad Nóra agus cos á cnagadh aici le rithim an cheoil. Bhí sí gealgháireach mar is gnách. Nuair a chonaic sí an bheirt ag tarraingt uirthi rith sí chucu, ghlac sí greim láimhe orthu agus thóg léi iad le castáil ar a máthair agus ar a dearthair beag a bhí ina suí ag tábla i gcúinne ní ba chiúine den seomra.

'Go mbeannaí Dia dhaoibh, a pháistí. D'inis Nóra dom go raibh cairde nua aici,' arsa an mháthair leo. 'Mise Eilís'. Nuair a rinne sí miongháire las solas an chineáltais ina súile tuirseacha. 'Nach deas go bhfuil daoine eile le Gaeilge ar bord,' ar sise. 'Cá bhfuil bhur dtuismitheoirí?'

'Linn féin atáimid,' arsa Cormac go rúndiamhrach agus d'amharc sé síos ar a chosa. Ní raibh a fhios aige cá háit le tosnú ar a scéal.

Bhí Séimí beag ina shuí ar ghlúine a mhamaí, ag amharc suas ar na páistí go cúthalach. Bhí bréagán beag adhmaid ina lámh aige. Chrom Brídín síos chuige. 'Agus cé seo?' ar sise le Séimí, ag díriú ar an mbréagán. Thiontaigh an gasúr beag a aghaidh isteach le brollach a mhamaí. 'Óch, ní fheicfidh tú Séimí s'againne riamh gan an mhuc sin,' arsa Eilís. 'Rinne mo dhearthair Seosamh dó é le go mbeadh an tádh leis ar a thuras mór,' ar sise. 'Anois bíonn sé leis ó mhaidin go hoíche.' D'fháisc an gasúr beag an mhuc lena ucht.

'Beidh an tádh de dhíth air san oíche anocht,' arsa Brídín go gruama.

'Cad chuige a deir tú a leithéid, a thaisce?' a d'fhiafraigh Eilís.

Bhí ciúnas ann fhad is gur thriail Brídín na focail a chur le chéile. 'Scéal fada atá ann,' ar sise. 'Tá sé millteanach deacair a chreidiúint ach tá sé fíor. Tá sé tábhachtach go gcreideann tú muid.' Rinne mamaí Nóra gáire cairdiúil a thug misneach di.

Dhírigh Brídín í féin go righin agus thosaigh sí. 'Buailfidh an Titanic cnoc oighir anocht agus rachaidh sí go tóin poill. Gheobhaidh míle go leith duine bás.' D'amharc Brídín suas ar Eilís le súile lán le deora. 'Tá brón orm ach níl dóigh ar bith eile chun é a rá.'

'Óch, a thaisce' arsa an mháthair. 'An é seo do chéad uair ar long? Ní gá duit a bheith buartha, a stóirín. Ní raibh bád riamh chomh sábháilte

leis an mbád seo.' Smaoinigh Brídín ar na cnoic oighir a bhí feicthe acu amuigh ar an bhfarraige. Bhí a croí ag preabadh go gasta. 'Ní shin é. Tá sé fíor. Tá sibh i ndainséar!'

D'amharc Nóra go fiosrach orthu. 'Ag magadh atá sibh,' ar sise. 'Ar scor ar bith, cad é mar a bheadh a fhios ag duine ar bith cad é atá le tarlú sa todhchaí? Ní féidir sin!'

D'amharc Cormac agus Brídín ar a chéile. Thosaigh Cormac an babhta seo. 'Níl a fhios againn cad é mar a tharla sé,' arsa Cormac, 'ach tháinig muid anseo ó chéad bhliain sa todhchaí. San am s'againne, tá clú agus cáil ar scéal an Titanic agus ar an tragóid a tharla ar a céad turas.' Bhí a fhios aige go raibh a scéal dochreidte ach ní raibh de rogha aige ach leanstan leis. 'Ní hamháin sin, ach tá a fhios againn rudaí nach bhfuil a fhios ag paisinéirí an bháid, nach bhfuil báid tharrthála ann do gach duine, mar shampla, agus nár tógadh na báid uilig fiú mar nár chreid daoine sa dainséar.

Tháinig mórchuid na bpaisinéirí sa chéad ghrád slán, ach thíos anseo, fuair an chuid is mó bás. Tá mé buartha ach caithfidh tú éisteacht linn nó ní mhairfidh sibh an oíche.'

Thosaigh Nóra ag gáire. 'Cuirim pingin air gur ag magadh atá sibh,' ar sise.

Ach bhí cuma chrosta ar mhamaí Nóra anois. 'Más ag magadh atá sibh níl sé greannmhar,' ar sise. Chuir sí a lámha go teann thart ar Shéimí. Is ansin a tharla sé. Chuaigh creathadh mar thonn tríd an long agus stad sí go hiomlán. Ní raibh dordán na n-inneall ná luascadh na farraige le mothú níos mó.

'An gcreideann sibh anois muid?' arsa Brídín. 'Tá an bád stoptha. Níl fáth ar bith eile go stopfadh na hinnill i lár an Aigéin Atlantaigh.' Bhí a

guth ardaithe le frustrachas anois. 'Tá an taisme
tarlaithe cheana féin!'

– CAIBIDIL 6 –

'Tharla sé!' arsa Brídín go práinneach. 'Tá an damáiste déanta anois. Caithfidh muid deifir a dhéanamh. Caithfidh sibh muid a chreidiúint.'

Gach áit thart orthu bhí an comhrá, an damhsa agus an chraic faoi lánseol. Bhí cuma chomh normálta sin ar gach rud go raibh sé deacair do Bhrídín agus do Chormac iad féin a chreidiúint go raibh an pálás seo de long le dul go tóin poill.

'Tá smaoineamh agamsa,' arsa Cormac. 'Tar linn suas staighre go bhfeicfidh sibh cad é atá ag dul ar aghaidh. Caithfidh go bhfuil neart fianaise le feiceáil.'

Ach, cén dóigh?' a d'fhiafraigh an mháthair, 'nuair atá na geataí faoi ghlas? Níl cead againne dul suas staighre, tá a fhios agat?' Sheachain Nóra súile a mháthar.

'Tá eochair againn,' arsa Brídín, 'eochair dhraíochta.'

Chuaigh an dá shúil siar i gcloigeann Eilís agus lig sí osna. 'An mbeidh deireadh go deo leis an áiféis seo?' Níor thug Brídín aon aird uirthi ach tharraing sí an eochair go stuama amach as a póca. D'oscail sí an geata don darna huair.

'Ar ghoid sibhse an eochair sin?' arsa Eilís go hamhrasach.

'Níor ghoid,' arsa Cormac. 'Geallaim duit. Sin lomhclár na fírinne ach feicfidh tú sin le do shúile féin.'

'Ceart go leor', arsa Eilís. 'Rachaidh mé suas ar feadh bomaite agus ansin beidh deireadh leis an amaidí seo agus beidh focal nó dhó agam le rá le bhur dtuismitheoirí ansin.'

An babhta seo rinne Brídín cinnte de gur fhág sí an geata ar oscailt ina diaidh.

Suas an staighre leis an gcúigear acu ansin. Rith na páistí chun cinn agus lean Eilís iad agus Séimí ina baclainn aici. Bhí greim daingean aige go fóill ar a mhuicín adhmaid. Ag dul suas an staighre dóibh, mhothaigh siad an t-aer ag éirí ní b'fhuaire. Bhí sé chomh fuar sin ar an deic gur ghortaigh sé an craiceann orthu. Bhí a gcuid anáil le feiceáil mar scamaill thart orthu. Tharraing Eilís a seál go teann thart ar Shéimí mar bhlaincéad.

Bhí Brídín agus Cormac ag dréim le radharc tubaisteach a fheiceáil chun tabhairt le fios do mháthair Nóra go raibh siad ag insint na fírinne. Cheap siad go mbeadh daoine ag scairteadh agus ag caoineadh. Ach ní mar sin a bhí. Taobh amuigh den challán uafásach a bhí ag teacht amach leis an ngal a bhí ag éalú ó na simléir, bhí an t-atmaisféar socair go maith. Bhí cuma ghnóthach ar an bhfoireann agus iad ag rith anonn agus anall. Bhí na paisinéirí eile ag caint agus ag gáire le chéile. Chuala siad beirt fhear ag caint. 'Cad chuige gur stad muid? An bhfuil fadhb ann?' Rinne an darna

fear gáire. 'Is dócha gur scríobadh giota den phéint

nua agus nár mhaith leis an gcaptaen tiomáint ar

aghaidh gan é a bheith péinteáilte arís! Caithfidh

gach rud a bheith foirfe ar an Titanic, tá a fhios

agat!'

'Amharcaigí!' arsa Eilís. 'Níl rud ar bith cearr ach

amháin i bhur gcuid samhlaíochta.' Bhí faoiseamh

le cloisteáil ina guth. 'Rachaidh muid síos arís.

Tá gach rud mar ba chóir. Éistigí, tá sé i ndiaidh

am luí agus níl cead againn a bheith thuas anseo.'

Thiontaigh sí ar a sála le dul ar ais go dtí a háit

sa triú ghrád. Ansin chonaic sí radharc a bhain

an anáil aisti. Bhí moll d'oighear briste ina luí ar

an taobh eile den deic. Ní raibh radharc mar sin

normálta ar dhóigh ar bith agus thuig Eilís gur

droch-chomhartha amach is amach a bhí ann.

'As cnoc oighir a tháinig sin!' ar sise. 'Caithfidh

gur briseadh é nuair a bhuail an long é. Agus mhothaigh muid an crith sa bhád sular stop sí. Tá cnoc oighir buailte againn. Agus má tá an ceart agaibh faoi sin is dócha go bhfuil an chuid eile de bhur scéal fíor freisin.' Ghearr sí comhartha na croise uirthi féin agus chuir sí lámh ar chloigeann Shéimí.

Bhí sé soiléar ón dreach a bhí ar aghaidh Eilís gur thuig sí an scéal anois. Thóg sí píosa oighir ina lámh agus d'amharc sí amach go brónach ar an bhfarraige dhubh thart orthu. Shíl Brídín gur tháinig cuma chrua ar a haghaidh mar a bheadh taithí aici ar ghruaim agus ar bhriseadh croí.

Níor dhúirt duine ar bith focal ar feadh tamaill. Sheas siad le chéile ag amharc amach ar an uisce dorcha agus ar na réalta geala os a gcionn. Ba álainn agus ba uaigneach an oíche í.

Go tobann, las pléascóg go tormánach sa dorchadas.

Spréigh na mílte splanc tríd an spéir.

'Cad chuige go bhfuil tinte ealaíne á lasadh ag am mar seo?' arsa Brídín. Mhínigh Cormac di. 'Roicéad atá ann lena rá go bhfuil cuidiú de dhíth. Chuir siad teachtaireachtaí raidió amach fosta chuig na báid ba ghaire dóibh. Bhí long amháin in aice leo ach bhí an fear raidió ina chodladh agus ní bhfuair sé an teachtaireacht. Sa deireadh, thainig bád darbh ainm an Carpathia ó 60 míle ar shiúl. Bhí an Titanic imithe faoin am sin ach bhí siad ábalta na daoine uilig a bhí sna báid tharrthála a shábháil.'

'Sin é,' arsa Brídín, 'sin an rud a chaithfidh muid a dhéanamh. Caithfidh muid Nóra, Séimí agus Eilís a chur isteach i mbád tarrthála. Beidh siad sábháilte ag an Carpathia ansin.' Faoin am seo, bhí claonadh beag le mothú ar dheic an Titanic. Bhí tosach na loinge go híseal san uisce agus bhí an cúl ag seasamh amach giota. Fós féin bhí na paisinéirí go socúlach, suaimhneach ach ba léir do Chormac nach raibh morán ama acu go dtí go rachadh sí faoi.

Bhí imní agus scéin ar aghaidh Nóra. 'Tá eagla orm, a mhamaí,' arsa sise. 'Na habair go bhfuil muid chun bás a fháil ar an long mhallaithe seo.' Lig sí gol glórach amach aisti agus chaith sí a lámha thart ar a máthair.

'Caithfidh muid uilig a bheith cróga anocht, a thaisce. Cróga agus stuama. Ach fanfaidh muid le chéile. Sin an rud is tábhachtaí.'

'Is cuimhin liom ón leabhar a léigh mé,' arsa Cormac, 'gur cuireadh na mná agus na páistí ar na báid ar dtús de bharr nach raibh go leor spáis ann do gach duine. Anois agus muid thuas anseo ba chóir go mbeadh sé simplí go leor iad a chur isteach i mbád tarrthála.'

'Ar aghaidh linn!' arsa Brídín, 'go gasta!'

– CAIBIDIL 7 –

Bhí an fhoireann ag obair go crua cheana féin.
Bhí na báid a bhí ar crochadh ar bharr na deice á
líonadh le daoine agus á n-ísliú ag an bhfoireann.
Bhí gach duine acu ag cur allais in ainneoin an
fhuachta. Sheas Eilís agus na páistí isteach ar chúl
an tslua a bhí bailithe thart ar na báid. 'Nílim ag
dul isteach!' arsa bean amháin i gcóta fionnaidh.
B'fhearr liom fanacht ar an Titanic ná dul isteach
i mbád beag suarach mar sin.' Ba léir nár thuig
sí an dainséar. 'Caithfidh tú dul isteach anois ar
eagla na heagla,' arsa fear in éide snasta in aice
léi, 'ach is dócha go mbeidh tú ar ais ar bord in
am don bhricfeasta.' Bhí na fir ag seasamh thart
go foighneach agus iad ag fágáil sláin leis na mná.
'Isteach libh anois,' arsa Cormac, 'agus gheobhaidh
sibh suíocháin. Déanaigí deifir!'
Rith na deora le máthair Nóra agus rug sí barróg
ar Chormac agus ar Bhrídín. 'Gabhaim buíochas

ó chroí libh, a pháistí. Sílim gur shábháil sibhse
muid anocht. Gan sibh, bheadh muid caillte.'

'Slán,' arsa Nóra. 'Go raibh míle maith agaibh.
Tá brón orm nár chreid mé sibh ar dtús. Agus seo
an phingin sin! Chuir mé geall gur ag magadh a
bhí sibh agus bhí mé mícheart!' Rinne siad gáire
le chéile. 'Ní dhéanfaidh muid dearmad ar bhur
gcineáltas choíche.'

'Ádh mór' arsa Brídín 'agus go dté sibh slán.
Ní dhéanfaidh muidne dearmad oraibhse ach
oiread.'

Chuala siad guth láidir in aice leo. 'An bhfuil bean
nó páiste ar bith eile anseo?'

Bhrúigh Eilís tríd an dream, lámh amháin léi
ag Séimí agus an lámh eile ag Nóra. Sheas na fir
amach as a mbealach chun iad a ligint chuig na
báid.

Go tobann chuala siad scread. 'Níl mise ag dul!'

arsa Séimí beag in ard a chinn. Ghread sé a chosa agus bhuail sé a chuid dorn in éadan a mhamaí agus lig don mhuicín titim ar an deic. 'Níl mé ag dul! Tá mé ag fanacht anseo!' Ní raibh sé deacair a thuigbheáil gurbh fhearr leis a bheith ar an long mhór gheal in áit aghaidh a thabhairt ar an bhfarraige fhuar dhorcha. Tháinig oifigeach in éide an *White Star Line* chuige agus phioc sé suas an muicín beag adhmaid a bhí ina luí ar an deic. Chaoch sé súil le hEilís agus le Nóra. 'B'fhéidir nár mhaith leatsa a bheith slán,' a dúirt sé le Séimí, 'ach tá mise chun do mhuc a shábháil.' Leis sin, chaith sé an muicín beag thar na ráillí agus isteach sa bhád tarrthála. Chaoin Séimí uisce a chinn ach ansin lig sé don oifigeach é a iompar thar an ráille agus isteach sa bhád leis an muicín a aimsiú. Ansin thóg an fear céanna Nóra agus thug sé lámh chuidithe d'Eilís.

Bhí an bád lán nuair a híslíodh é ar rópaí i dtreo na farraige dorcha agus í ag luascadh ó thaobh go taobh ar na téada. Chuala siad Eilís ag canadh suantraí do na páistí. B'fhada an bealach ón deic síos go dtí an t-uisce sioctha agus d'éist siad lena guth ag éalú ní b'fhaide uathu. Thosaigh Brídín ag crith agus í ag smaoineamh ar an turas a bhí rompu.

Smaoinigh Cormac cé chomh cróga is a bhí an fhoireann, iad ag obair go crua ag iarraidh daoine eile a shábháil an oíche sin gan a bheith ag smaoineamh orthu féin.

'Bheadh Uncail Seosamh sásta dá bhfeicfeadh sé sin,' arsa Brídín. 'Tharraing an muicín beag an tádh ar Shéimí sa deireadh ar a thuras.'

Sheas Cormac agus Brídín lán de chumha ar an deic chlaonta. An mbeadh Nóra agus a teaghlach ceart go leor? An éireodh leo triúr a shábháil anocht? Bhí an long ag claonadh ní ba mó gach bomaite anois. Bhí an t-uisce ag slaparnach thar tosach an bháid. Ní bheadh i bhfad anois ann go rachadh sí béal faoi. Bhí ceoltóirí ag seinm ceoil ar an deic, in ainneoin na tubaiste a bhí ag tarlú thart timpeall orthu.

Go tobann lig Cormac scread as. 'Ach cad fúinne, a Bhrídín? Ná habair gur shábháil muid triúr anocht ach go rachaidh muid féin síos leis an Titanic?'

– CAIBIDIL 8 –

Bhí dearmad déanta acu orthu féin go dtí an bomaite sin. Go tobann, bhuail an t-uafás agus an sceimhle iad mar thonn. Faoin am seo, bhí deireadh na loinge go h-ard san aer agus a tosach go hiomlán faoin uisce. Bhí scréadáil agus torann ar gach aon taobh díobh anois agus bhí daoine ag brú go garbh ar a chéile ag iarraidh áit a fháil ar na báid dheireanacha. Bhí táblaí agus cathaoireacha ag sleamhnú trasna na deice isteach san uisce. Bhí uair na cinniúna tagtha don long mhaorga seo.

Agus bhí an t-am rite amach do Bhrídín agus do Chormac freisin. Bhí siad i gcontúirt mhór agus i bhfad ó bhaile. An é seo a raibh i ndán dóibh? An bhfeicfidís Mamaí agus Daidí arís? Nó Mamó agus Daideo?

Nuair a smaoinigh Brídín ar Mhamó agus ar Dhaideo, láimhsigh sí an eochair ina póca - an

eochair a d'oscail an doras draíochta agus a chuir

tús leis an eachtra seo.

'B'fhéidir go bhfeiceann tú anois go raibh an ceart

agam,' arsa Cormac go duairc. 'Thiocfadh linn a

bheith go breá seascair inár leapacha go fóill ach

ar a laghad chuidigh muid le Nóra, Séimí agus

Eilís. Is cinnte nach raibh ach an drochshaol acu

go dtí anois.'

'Dhéanfainn rud ar bith ionas go dtiocfadh linn

dul ar ais anois,' arsa Brídín agus í ar crith. Ach,

faraor, is ag dul faoi san Aigéan Atlantach a bhí an

long agus bhí Cormac agus Brídín chomh fada ó

bhaile agus a thiocfadh leo a bheith.

Thóg Brídín an eochair ina lámh agus chuimil sí

í. Thosaigh an miotal ag drithliú. Shílfeá go raibh

sé ag iarraidh misneach a thabhairt di. 'Níl aon

mhaith ann,' ar sise, 'tá na seomraí thíos staighre

faoi uisce, agus beidh an doras draíochta faoi

uisce chomh maith.'

'Fan go fóill,' arsa Cormac. 'Chuaigh an Titanic síos chun tosaigh ach de réir mar is cuimhin liom tháinig muidne amach ar deic B sa dara grád. Níl mé cinnte, a Bhrídín, tá tamall ann ó chonaic mé na pleananna sa leabhar ach sílim go raibh deic B ar chúl an bháid agus measartha congárach don bharr.'

'An bhfuil seans ann mar sin go bhfuil an doras os cionn uisce go fóill?' arsa Brídín. 'Ó, a Chormaic,' dean deifir! B'fhéidir nach bhfuil muid caillte go fóill!'

Rith an bheirt acu thar an deic agus dóchas úr ina gcroíthe. Bhí sé deacair dul go gasta de bharr go raibh claonadh chomh mór sin ar an long anois ach choinnigh siad greim daingean ar an ráille. Síos an staighre leo agus na cosa ag imeacht uathu. Tháinig siad ar an dorchla, an ceann leis an mbrat urláir dearg agus na painéil adhmaid. Bhí siad san áit cheart. Ach anois, bhí sé mar a bheadh rampa fada ann ag dul síos agus uisce fuar na farraige á líonadh ar an taobh eile. Bhí boladh an tsáile go láidir ina ngaosáin. Bhí bogadh na loinge le mothú agus í ag sleamhnú ní ba dhoimhne isteach san uisce.

Tá na doirse seo uilig mar an gcéanna!' arsa Cormac de ghlór cráite.

Thriail siad an eochair i ngach aon doras, iad ag útamáil leis an eochair bheag ina lámha reoite ach níor oibrigh sí. Arís agus arís eile, d'ardaigh a gcroíthe le dóchas agus thit arís nuair a theip orthu. Chuir Brídín cos isteach san uisce chun doras amháin a bhaint amach agus ghearr an fuacht í mar a bheadh scian ann. Mhothaigh siad an claonadh ag éirí ní ba mheasa agus chonaic an t-uisce ag teacht fhad leo. Chuala siad troscán istigh sna seomraí ag briseadh in éadan na mballaí.

'Caithfidh go bhfuil an doras ceart faoin uisce cheana féin!' arsa Brídín agus na deora ag titim léi. 'A Chormaic, tá brón an domhain orm gur chaith mé an bheirt againn sa trioblóid seo...'

'Lean ort, a Bhrídín – ná géill!' a d'fhreagair Cormac.

Is ansin a d'airigh siad doras ag lasadh agus solas ag lonrú ó bharr an dorchla a bhí thuas san aer anois. Ar aghaidh leo arís chomh gasta is a thiocfadh leo ag siúl agus ag lámhacán. Bhí siad as anáil agus trína chéile ach ar deireadh chonaic siad an doras ag drithliú agus ag lasadh le draíocht. Bhí splancanna beaga solais ag teacht ón murlán. Bhí lámha Bhrídín ar crith ach d'éirigh léi an eochair a chur isteach sa ghlas. Thiontaigh sí an eochair agus í ag guí os ard, 'Oscail le do thoil... oscail le do thoil.' Agus ansin, d'oscail an doras le gliog.

– CAIBIDIL 9 –

Tríd an doras rompu bhí an seomra leapa i dteach Mhamó agus Dhaideo. Dhruid siad an doras ina ndiaidh go gasta ar eagla go dtiocfadh leis an uisce nó leis an uafás iad a leanúint. Thit siad beirt ar a nglúine agus a gcroíthe fós ag preabadh go fíochmhar. Bhí siad préachta leis an bhfuacht. 'Isteach linn sna leapacha,' arsa Cormac. Bhí na leapacha te teolaí go fóill ó na buidéil the a thug mamó dóibh ag am luí. Tharraing siad na blaincéid go smig orthu an uair seo. Ghabh siad buíochas lena chéile, leis an draíocht agus le Dia go raibh siad slán agus ar ais san am agus san áit cheart. Níorbh fhada go bhfuair an tuirse an lámh in uachtar orthu agus thit siad beirt ina gcnapanna codlata.

Nuair a mhúscail siad an mhaidin dár gcionn shíl an bheirt acu gur ag brionglóidí a bhí siad an oíche roimh ré. D'amharc siad thart ar an seomra.

Bhí an doras aisteach ann cinnte ach ní raibh cuma dhraíochta ar bith air anois. Bhí sé díreach cosúil le doras ar bith eile. Thosaigh Cormac ag amharc tríd na leabhair ar na seilfeanna.

'A Bhrídín!' a bhéic sé go tobann. 'Seo leabhar faoin Titanic. Fan go bhfeicfidh tú.' Ghlan sé an deannach den leabhar lena lámha agus d'oscail sé an leabhar mór. Taobh istigh, bhí grianghraf dubh agus bán den long. D'aithin siad gach rud. Thiontaigh Cormac na leathanaigh go hocrach.

'Éist, a Bhrídín. Seo cuntas ar an oíche ó dhuine de na daoine a tháinig i dtír i mbád tarrthála. Deir sé gur ghluais siad amach ón Titanic agus go bhfaca siad deireadh na loinge ag imeacht go díreach san aer agus ag sleamhnú isteach faoin uisce. Bhí an radharc go dona ar fad. D'fhan siad sna báid bheaga ar feadh na hoíche agus iad fuar, scanraithe. Le breacadh an lae tháinig an Carpathia agus ghlac sí iad uilig ar bord. Tugadh deochanna teo agus blaincéid dóibh agus bhí siad ábalta teachtaireachtaí a chur chuig a muintir sa bhaile.'

'An síleann tú gur tháinig Nóra, Séimí agus a máthair slán?' a d'fhiafraigh Brídín go ciúin.

'Seo liosta de na daoine a mhair an tubaiste. Beidh siad leis na hÉireannaigh eile a chuaigh ar bord sa Chóbh i gcontae Chorcaigh. Seo iad, a Bhrídín! Eilís, Nóra agus Séamus Uí Dhálaigh. D'éirigh linn, a Bhrídín! Shábháil muid iad! Agus deir sé anseo gur bhog siad go Meiriceá agus go raibh saol fada sona acu i Nua Eabhrac.'

Chuir Brídín lámh ina póca agus tharraing sí amach an eochair dhraíochta. Bhí an eochair go gleoite ar fad agus ní ba dheise arís faoi sholas an lae. Agus leis sin, tharraing sí amach an phingin a thug Nóra di!

'Rinne mé dearmad go raibh seo agam,' ar sise.

'An bonn ó 1912 a tugadh dúinn ar an Titanic. A leithéid de chuimhneachán ar an eachtra!'

Chroch sí an eochair ar an gcrúca taobh leis an leabhragán.

'A Chormaic,' ar sise agus í ag gáire, 'an síleann tú go mbeidh an eochair sin de dhíth orainn arís?'

Níl a fhios agam,' ar seisean, 'ach beidh mise breá sásta gnáthlá gan eachtra ar bith a bheith agam inniu agus bricfeasta blasta ó Mhamó mar thús!'

Iarscríbhínn

Mar gheall ar thragóid an Titanic sa bhliain 1912, ina bhfuair 1503 duine bás, rinneadh athruithe ar fud an domhain maidir le sábháilteacht ar bháid. Sa lá atá inniu ann, caithfidh níos mó spáis a bheith sna báid tharrthála ná mar a bheadh de dhíth. Caithfear cleachtadh slándála a dhéanamh go rialta agus eolas a thabhairt do phaisinéirí ar gach turas. Maidir le báid atá ag dul thar an Aigéan Atlantach sa gheimhreadh nó san earrach, seolann siad níos faide ar shiúl ón oighir. Caithfidh longa á gcuid raidió a bheith ar siúl an t-am ar fad ar eagla go mbeadh teachtaireachtaí éigeandála ag teacht ó bháid eile. Tuigimid nach bhfuil a leithéid de rud ann agus long 'dhobháite', agus sin an fáth nach dtiocfadh le tubaiste cosúil le scéal an Titanic tarlú arís.